¿Eres tú mi mamá?

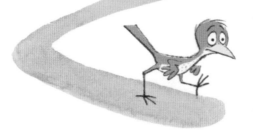

P. D. Eastman

Traducción de Teresa Mlawer

BEGINNER BOOKS®

Una división de Random House

Para mi mamá

¡Visita nuestra página Web!
rhcbooks.com

Maestros y bibliotecarios, para una variedad de herramientas educativas, visítennos en
RHTeachersLibrarians.com

Datos de catalogación en la publicación de la Biblioteca del Congreso de Estados Unidos
Eastman, P. D. (Philip D.)
[Are you my mother? Spanish]
¿Eres tú mi mamá? / por P. D. Eastman ; traducción de Teresa Mlawer.
   pages cm
"First published in English as *Are You My Mother?* by Random House Children's Books
in 1960"—Copyright page.
Summary: "A baby bird falls from its nest and goes in search of his mother." —Provided
by publisher.
ISBN 978-0-553-53989-9 (trade) — ISBN 978-0-553-53991-2 (lib. bdg.)
[1. Birds—Fiction. 2. Mothers—Fiction. 3. Animals—Infancy—Fiction.
4. Spanish language materials.] I. Title.
PZ73.E27 2016 [E]—dc23 2015011916

Impreso en Estados Unidos

15 14 13 12 11 10 9 8 7 6 5 4

Una mamá pájaro empollaba
su huevo.

De repente, el huevo se movió.

—¡Vaya! Parece que mi bebé nacerá pronto. Y seguramente querrá comer.

—Voy a buscar algo para
darle de comer. En seguida
regresaré.

Y se fue volando.

El huevo dio un salto en el nido.

Luego dio otro salto, otro y otro más.

Y del huevo salió un pajarito.

—¿Dónde está mi mamá?

—preguntó.

La buscó por todas partes.

Miró hacia arriba, pero no la vio.

Miró hacia abajo, pero no la vio.

—Iré a buscarla —dijo.

Salió del nido...

Y se cayó del árbol.

¡Abajo, abajo, abajo! Hasta que
llegó al suelo.

El pajarito no sabía volar.

No sabía volar, pero podía caminar.

—Saldré a buscar a mi mamá —dijo.

En realidad, no conocía a su mamá.

Pasó muy cerca de ella, pero no la vio.

Por el camino, se encontró
con un gatito.

—¿Eres tú mi mamá?
—le preguntó.

El gatito solo lo miraba, pero no decía nada.

El gatito no era su mamá,
así que siguió su camino.

Después se encontró
con una gallina.

—¿Eres tú mi mamá?

—le preguntó.

—No —contestó la gallina.

El gatito no era
su mamá.

La gallina no era
su mamá.

Así que el pajarito continuó
su camino.

—Tengo que encontrar
a mi mamá —dijo el pajarito—.
Pero ¿dónde? ¿Dónde está?
¿Dónde podrá estar?

Entonces se encontró con un perro.

—¿Eres tú mi mamá? —le preguntó.

—Yo no soy tu mamá —respondió—.

Soy un perro.

El gatito no era
su mamá.

La gallina no era
su mamá.

El perro no era
su mamá.

El pajarito continuó su camino.
Después de un rato, se encontró
con una vaca.

—¿Eres tú mi mamá —le preguntó
a la vaca.

—¿Cómo voy a ser yo tu
mamá? ¿No ves que soy
una vaca?

El gatito y la gallina
no eran su mamá.

El perro y la vaca
tampoco eran su mamá.

¿De verdad tendría él una mamá?

«Claro que tenía una
mamá», se dijo.
«Lo sé. Pero debo encontrarla.
La encontraré. LA ENCONTRARÉ».

Ahora el pajarito no caminaba.

¡Corría!

De repente, vio un automóvil.

¿Podría ese cacharro viejo ser
su mamá?

Estaba seguro de que no.

El pajarito ni se detuvo.

Se alejó de allí corriendo.

Llegó al final de un camino

y miró hacia abajo.

Vio un barco.

—¡Ahí abajo está! —gritó

el pajarito.

Llamó al barco, pero el barco
no se detuvo.

El barco siguió navegando.

Miró hacia arriba, muy arriba.

Vio un avión grande.

—¡Aquí estoy, mamá! —gritó.

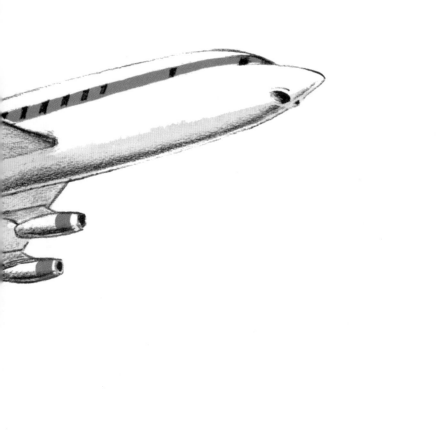

Pero el avión no se detuvo.

Siguió volando.

Continuó caminando y entonces
vio una máquina grande.

—¡Esa debe ser mi mamá! —gritó—.
¡Allí está! ¡Allí está mi mamá!

Corrió a su lado.

—¡Mamá! ¡Mamá! ¡Aquí estoy, mamá! —gritaba.

Pero, por respuesta, la máquina
solo hizo «PUFFF...».

—¡Uy, tú no eres mi mamá!
—dijo asustado el pajarito—.
Tú resoplas. Tengo que irme
de aquí.

49

Pero el pajarito no pudo escapar
a tiempo. La máquina comenzó a
elevarse.

Comenzó a subir alto, muy alto.

Y arriba, arriba, arriba subía
el pajarito.

Y ahora, ¿adónde iba la máquina?

—¡Ay, ay, ay! ¿Qué me va a hacer?
¡Auxilio! ¡Bájenme de aquí!

En ese momento, la máquina
se detuvo.

—¿Dónde estoy? —gritaba
el pajarito—. ¡Quiero irme
a mi casa! ¡Quiero estar
con mi mamá!

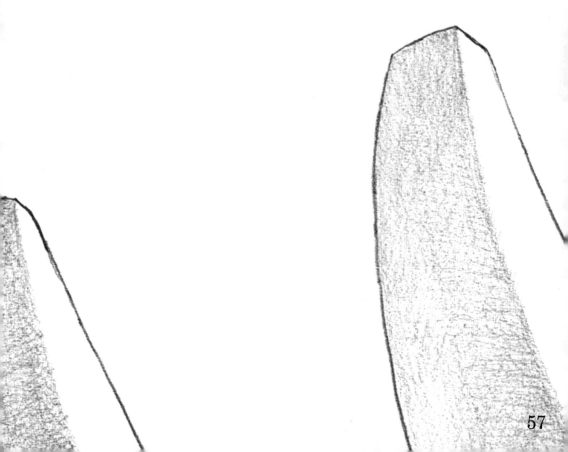

Y, de repente, algo sucedió.

La máquina acercó el pajarito

al árbol y lo dejó caer en el nido.

¡El pajarito estaba en su casa!

En ese preciso momento,
su mamá regresó al nido.
—¿Sabes quién soy yo?
—le preguntó.

—Sí, sé quién eres —contestó—.

»No eres un gatito.

»No eres una gallina.

»No eres un perro.

»No eres una vaca.

»No eres un barco, ni un avión,
ni una máquina.

»Eres un pájaro y eres mi mamá.

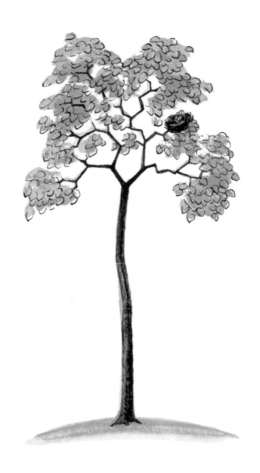